AF249514

LE
MARI D'AUTREFOIS,

COMÉDIE EN TROIS ACTES,

IMITÉE DE L'ALLEMAND;

Représentée, pour la première fois, sur le théâtre des
Variétés-Étrangères, le 17 décembre 1806.

A PARIS,

CHEZ ANTOINE-AUGUSTIN RENOUARD,

RUE SAINT-ANDRÉ-DES-ARCS, n° 55.

M DCC VII.

PERSONNAGES :

Le baron de DURLACH.

Le comte de LINDORF.

BURMANN , avocat du Baron.

DURAND , vieux domestique du Baron.

AMÉLIE , baronne de DURLACH.

La présidente de DURLACH, mère du Baron.

PAULINE , femme de chambre d'AMÉLIE.

UN DOMESITQUE.

La scène est en Allemagne.

LE
MARI D'AUTREFOIS.

ACTE PREMIER.

La scène représente une salle du château de Durlach.

SCÈNE PREMIÈRE.

DURAND, *entrant sur la scène.*

Mon maître dort bien tard ! Cependant hier il s'est couché de bonne heure. Oui ; mais tous ceux qui se couchent ne s'endorment pas... S'il vouloit seulement avoir plus de confiance dans un vieux serviteur qui lui est bien attaché... Mais non ; il renferme tous ses secrets...

SCÈNE II.

LE BARON, DURAND.

LE BARON.

Bonjour, Durand ; point de lettres de la ville ?

DURAND.

Non, Monsieur.

LE BARON.

Cela m'inquiète : il faut que ma femme soit malade. Elle a toujours l'attention, la bonté de m'écrire au moins tous les deux jours, et en voilà quatre.

DURAND.

Le carnaval, monsieur le Baron, un temps de distraction...

LE BARON.

Je le sais; mais elle ne m'a pas accoutumé à son silence.

DURAND.

Avant-hier au soir elle se portoit à merveille.

LE BARON, *vivement.*

D'où le sais-tu ?

DURAND.

Monsieur le Bailli est revenu hier de la ville, et il a vu Madame à la comédie, avec deux ou trois messieurs dans sa loge ; elle étoit extrêmement gaie.

LE BARON.

A la bonne heure.... Je veux pourtant écrire un mot à ma femme pour m'informer de sa santé.

DURAND.

C'est fort bien....

LE BARON.

Tu feras inviter le Bailli à dîner pour aujourd'hui.

DURAND.

Fort bien. (*il sort.*)

SCÈNE III.

LE BARON, *seul.*

Cet homme est bien ennuyeux ; mais.... il l'a vue ! (*il s'assied à une table et écrit.*) Non, je veux effacer cela ; cette expression auroit l'air d'un reproche... (*il efface un mot et continue à écrire.*)

SCÈNE IV.

DURAND, LE BARON.

DURAND, *entrant précipitamment.*

Voila la voiture de madame la Présidente qui entre dans la cour.

LE BARON.

Ma mère, par le temps qu'il fait ! (*il court au-devant d'elle.*)

SCÈNE V.

LE BARON, LA PRESIDENTE.

LA PRÉSIDENTE, *continuant la conversation.*

NE t'inquiète pas de moi , mon fils. Je n'ai pas eu froid en route.

LE BARON.

Comment , dans cette saison , avez-vous pu vous exposer ?....

LA PRÉSIDENTE.

Et que ne feroit-on pas pour sauver l'honneur de sa famille ? Je t'ai fait dire cent fois de venir me trouver en ville , que j'avois à te parler. Tu sais que je n'aime pas à écrire... Il suffit , me voilà ; et dis-moi maintenant, mon fils , pourquoi tu n'es pas venu ?

LE BARON.

Mes affaires ne m'ont pas permis....

LA PRÉSIDENTE.

C'est fort bien fait d'y veiller ; mais tu en as de très importantes en ville , et qui vont on ne peut pas plus mal.

LE BARON.

Et de quoi voulez-vous parler ?

LA PRÉSIDENTE.

Eh ! mon Dieu ! de ta femme, qui chaque jour se com- promet de plus en plus. Les officiers en jasent déjà à la parade , et tu dois pour ton honneur....

LE BARON.

Mon honneur, ma mère, ne court aucun risque.

LA PRÉSIDENTE.

Et moi , je te dis que l'amour est aveugle. Ne t'ai-je pas répété cent fois : Théodore, mon cher fils, garde- toi d'épouser une si jeune fille. Tu as passé quarante ans;

à peine en a-t-elle dix-huit. Je dois bien le savoir, puisque j'ai assisté à son baptême. C'étoit dans l'année....

LE BARON.

Je connois le caractère de mon Amélie. Pour elle, la
confiance est le plus sûr préservatif.

LA PRÉSIDENTE.

Tout cela est très beau. De mon temps, cela pouvoit
bien mener à quelque chose, lorsque le grand monde se
piquoit encore de respecter les mœurs.

LE BARON.

Enfin, ma mère, sur quoi jugez-vous que mon Amélie
se soit rendue indigne de ma confiance ?

LA PRÉSIDENTE.

D'abord, elle ne paroît pas chez moi. A peine y
vient-elle une fois toutes les trois semaines.

LE BARON.

Mais, ma mère, puisque vous voyez si rarement
Amélie, comment pouvez-vous savoir...

LA PRÉSIDENTE.

Comment je puis savoir ? Je sais tout ce qui se passe
dans la ville, grace au ciel! Je sais qu'Amélie se montre
à tous les spectacles, ne manque pas un bal.

LE BARON.

Elle fait fort bien, et je m'en réjouis.

LA PRÉSIDENTE.

Elle est la reine de toutes les fêtes....

LE BARON.

Cela fait honneur à mon goût.

LA PRÉSIDENTE.

Mais si tu méprises cet avis, braves-tu aussi le juge-
ment du public ?

LE BARON.

Non, ma mère ; je le respecte, tant qu'il n'est pas
en contradiction avec la raison. Amélie étoit plus jeune

que moi : je l'ai épousée pour qu'elle fût un jour le charme de mon hiver , et doit-elle , pour cela , me sacrifier son printemps ? Je veux qu'elle se livre aux amusements de son âge.

LA PRÉSIDENTE.

Quand tu l'accompagneras , j'y consens.

LE BARON.

Mon Amélie sait que je n'aime pas les plaisirs bruyants: elle est si bonne que , si j'étois auprès d'elle , elle s'en priveroit pour se renfermer avec moi ; et c'est ce qui ne doit pas être , c'est ce que je ne veux pas....

LA PRÉSIDENTE.

Mais du moins sois raisonnable. Une femme de son âge , sans la moindre surveillance....

LE BARON.

Un ami sûr ne la perd pas de vue ; et jusqu'ici il ne m'a donné aucun avis alarmant.

LA PRÉSIDENTE.

En vérité ? Et a-t-il donc des yeux cet ami si sûr ? Ne voit-il pas le jeune comte de Lindorf?

LE BARON.

Pardonnez-moi ; il l'a vu.

LA PRÉSIDENTE.

Et n'a-t-il donc pas vu aussi qu'il étoit amoureux de ta femme ?

LE BARON.

Pardonnez-moi.

LA PRÉSIDENTE.

Et que ta femme étoit presque disposée à le payer de retour ?

LE BARON.

Non ; c'est ce qu'il ne voit pas.

LA PRÉSIDENTE.

Il est donc aveugle ?

LE BARON.

Le Comte passe pour être aimable; il est recherché des femmes : la vanité d'Amélie est flattée des soins qu'il lui donne. Mais je la connois ; les principes de la vertu sont profondément gravés dans son cœur : je le sais ; j'ai pris soin de sa jeunesse.

LA PRÉSIDENTE.

Il le falloit bien : sa mère étoit si pauvre.

LE BARON.

Elle fut riche en vertus; daignez respecter sa mémoire.

LA PRÉSIDENTE.

J'avois un grand parti pour toi; mais il n'a jamais été possible de te faire entendre raison. Ta femme ne sera pas la première que Lindorf aura perdue. Je pourrois te raconter des histoires.... Mais je ne te dirai pas un mot, pas une syllabe de plus.

LE BARON.

Je sais rendre justice à vos bonnes intentions, ma mère.

SCÈNE VI.

Les précédents, DURAND.

DURAND, *présentant du chocolat.*

LA PRÉSIDENTE.

Ah ! voilà le bon Durand !

DURAND.

Madame me reconnoît ; je ne l'ai pourtant pas vue depuis son mariage ; il y a bien long-temps ; je sortois de mon village ; j'étois bien sot.

LA PRÉSIDENTE.

Je ne te trouve pas changé.

LE BARON.

Ma mère, j'ai quelques ordres à donner, et je vous conduis ensuite visiter mes travaux.

LA PRÉSIDENTE.

Volontiers , mon fils ; il y a si long-temps que je ne
suis venue ici. Il faut , avant tout , que tu me montres
ta nouvelle fabrique. On dit qu'elle a réussi à merveille.

LE BARON.

J'espère que vous en serez contente. (*il entre dans son
cabinet.*)

SCÈNE VII.

LA PRÉSIDENTE, DURAND.

LA PRÉSIDENTE.

Eh bien ! Durand, comment cela va-t-il dans la
maison ? Pas trop bien , selon ce que j'apprends.

DURAND.

Oh ! Si notre jeune maîtresse étoit seulement ici,
nous serions tous heureux !

LA PRÉSIDENTE.

Réellement ? Est-elle donc si bonne ?

DURAND.

C'est la bonté même ; et avec ça , si affable , si gra-
cieuse ; oh ! dès qu'elle est ici, monsieur le Baron est bien
plus content.

LA PRÉSIDENTE.

Il est donc bien triste maintenant ? Raconte-moi cela,
Durand.

DURAND.

Le jour , ça passe encore ; Monsieur se fait toutes
sortes d'occupations. Mais quand vient le soir , il se
promène pendant des heures entières en soupirant.

LA PRÉSIDENTE.

Raconte-moi cela , te dis-je.

DURAND.

Il a , dans son cabinet , le portrait de madame la
Baronne ; et tous les soirs il allume six bougies à côté,

et il reste jusque bien avant dans la nuit à le considérer tristement.

LA PRÉSIDENTE.

Voilà ce que c'est que de ne m'avoir pas écoutée. Un homme de quarante-cinq ans épouser une fille de dix-huit !.... Les fleurs d'un côté, et bientôt la neige de l'autre ; le jeune oiseau s'envole, le vieux reste dans sa cage; cela ne peut pas aller autrement.

DURAND.

Oh ! si elle pouvoit savoir que Monsieur soupire tant après elle, je suis sûr qu'elle ne bougeroit pas d'ici. Mais il a bien soin qu'elle ne s'en apperçoive pas ; et nous autres, nous avons trop de respect pour parler.

LA PRÉSIDENTE.

Eh bien ! je parlerai moi à ma chère belle-fille, et je lui parlerai un peu sérieusement. Je m'en vais trouver mon fils... A propos, Durand, à mon dernier voyage j'avois recommandé de faire sabler la grande cour ; on n'en a rien fait. Mais donne des ordres. (*elle parle en sortant.*) Nous venons, ma chère belle-fille.

SCÈNE VIII.

DURAND.

DURAND *appelle Pierre.*

PIERRE !... Pierre !... (*Pierre entre.*)

Pierre, prends encore un couple de journaliers pour t'aider. Madame la Présidente veut que l'on sable la cour (*s'avançant sur la scène*). Il est pourtant bien facile de s'appercevoir quand il y a une femme à la maison. Les hommes ne songent pas à tous ces petits détails ; et je gage de deviner toujours au premier coup-d'œil, en entrant dans une maison, si c'est une femme ou un homme qui est à la tête.. (*il écoute.*) Oh ! oh ! n'entends-je pas du bruit? (*on entend effectivement du bruit dans le lointain, et Durand s'approche de la fenêtre.*) Je ne me trompois pas; voilà effectivement un superbe traîneau qui entre dans la cour. Mais, Dieu me pardonne! je crois que c'est notre maîtresse?... C'est elle-même, et un beau cavalier qui la conduit; les voilà qui s'arrêtent... Monsieur n'a donc rien entendu? Il faut que je coure le prévenir. Quelle joie je vais lui causer! (*il va pour sortir, et rencontre à la porte Amélie et le Comte.*)

SCÈNE IX.

AMÉLIE, LE COMTE DE LINDORF, DURAND.

AMÉLIE.

BONJOUR, Durand, où est mon mari?

DURAND.

Je vais le prévenir sur-le-champ, Madame.

AMÉLIE.

Il se porte bien?

DURAND.

Quand il ne seroit pas tout-à-fait bien, ne voilà-t-il pas le meilleur médecin qui puisse lui arriver?

AMÉLIE.

Tu m'inquiètes... Est-ce que?

DURAND.

Oh! non; soyez tranquille. Il se promène avec madame votre belle-mère, du côté de la fabrique. Je vais le chercher. (*il sort.*)

SCÈNE X.

AMÉLIE, LE COMTE.

AMÉLIE.

MA belle-mère est ici?

LE COMTE.

Maintenant, belle Baronne, je réclame le droit d'usage.

AMÉLIE.

Et lequel, s'il vous plaît?

LE COMTE.

Le droit généralement reconnu dans toute l'Allemagne, et qui autorise tout cavalier qui conduit un traîneau, à exiger de sa dame un baiser.

AMÉLIE.

Je ne puis en l'absence de mon mari.

LE COMTE.

Amélie! Il est des moments où j'ose croire que j'ai touché votre cœur; mais d'autres... (*il lui presse tendrement la main.*)

AMÉLIE.

Que voulez-vous de plus ? Je souffre que vous me donniez le nom d'Amélie; n'en est-ce pas assez? n'est-ce pas plus que je ne devrois permettre ?

LE COMTE, *portant la main d'Amélie contre son cœur.*

Mon Amélie !

AMÉLIE.

Voilà ce que je vous interdis , Comte ! Oubliez-vous le nœud sacré qui m'engage à un autre ? Si je vous ai choisi pour me conduire , vous savez que c'est pour vous présenter à mon époux.

LE COMTE.

Je ne le sais que trop ; mais convenez du moins que c'est une complaisance sans exemple , qu'un amant qui vous adore vous conduise lui-même auprès d'un époux.

AMÉLIE , *d'un air moqueur.*

En effet ; c'est une complaisance assez rare.

LE COMTE.

Un époux si peu digne de son bonheur , si peu capable de l'apprécier , qu'il ne daigne pas même s'inquiéter de votre existence.

AMÉLIE, *lisant la lettre que son mari a commencée
pour elle , et qu'elle trouve sur la table.*

« Avec quel plaisir, mon Amélie, je date ma lettre
« de février, en songeant que ce mois vous rendra à ma
« tendresse.

LE COMTE, *sans écouter.*

Un époux qui, possédant une fortune immense, ne
vous la fait pas partager.

AMÉLIE, *continuant de lire.*

« Vous trouverez ci-joint une lettre de crédit illimitée
« sur mon banquier.

LE COMTE.

Que lisez-vous là ?

AMÉLIE, *en riant.*

La réponse à vos calomnies ; puisque j'ai commencé
cette lecture, permettez que je l'achève : « Mon aimable
« Amélie, jouissez des beaux jours de votre jeunesse ,
« jusqu'à ce que, fatiguée des fêtes bruyantes de la capi-
« tale, vous vous rappeliez qu'il existe une solitude pai-
« sible, où le plus tendre des époux n'a de pensées que
« pour vous. »

LE COMTE.

Voilà qui est bien tendre !

AMÉLIE, *avec émotion.*

O le meilleur et le plus noble des hommes ! Quels
sacrifices n'es-tu pas en droit d'attendre ?

LE COMTE.

En grace, Baronne , n'allez pas vous donner un
ridicule.

AMÉLIE.

Comte, ne vous flattez pas de me faire jamais perdre
le respect que je dois à mon époux.

LE COMTE.

Avez-vous donc oublié ce que vous me racontâtes le

soir du grand bal masqué, lorsque je vous surpris fon-
dant en larmes à votre toilette ?

AMÉLIE.

Mes pleurs étoient déraisonnables.

LE COMTE.

Pourquoi donc ? Vous desiriez vous parer des diamants que votre mère vous a laissés en héritage. Quoi de
plus naturel à votre âge ! Vous avez prié souvent votre
époux de vous remettre la cassette qui les contient. Une
lettre énigmatique fut sa réponse, pour colorer son refus;
arrangez cela avec cette tendresse délicate qu'il veut
affecter.

AMÉLIE, un peu embarrassée.

Il est vrai que, sur ce point, je n'ai jamais pu le concevoir.

LE COMTE.

Et quel embarras ne montra-t-il pas, lorsque le hasard
mit sous vos yeux la cassette sur laquelle étoit écrit, de
la main de votre mère : « Bijoux et héritage de mon
« Amélie, pour lui être remis le jour où elle aura atteint
« sa dix-huitième année ? » Ne fit-il pas tout ce qu'il
put pour la soustraire à vos regards ? Et pourtant vous
étiez déjà dans votre vingtième année ! De quel droit
vous en prive-t-il ?

AMÉLIE.

Je l'ignore.

LE COMTE.

Sur quoi peut-il se fonder, pour refuser à une fille
l'héritage toujours précieux d'une mère mourante ?

AMÉLIE, avec humeur.

Je vous répète que je l'ignore.

LE COMTE.

Convenez que ce procédé est bien étrange.

AMÉLIE.

Comte, je commence à m'effrayer des hardiesses que

je vous permets. Mais, cette fois, je prétends vous con-
fondre. Mon époux ne tardera pas à paroître : laissez-
nous ensemble sous quelque prétexte, et je lui deman-
derai cette cassette, comme un témoignage de sa tendresse.

LE COMTE.

Et si néanmoins il s'obstine à vous refuser ?

AMÉLIE.

Alors, il me donnera des raisons. Paix ; je l'apperçois.

SCÈNE XI.

Les précédents, LE BARON.

LE BARON, *s'approchant d'Amélie avec empresse-
ment.*

Ma chère Amélie!

AMÉLIE, *volant dans ses bras.*

Vous ne m'attendiez pas?

LE BARON.

Que ne vous dois-je pas pour cette agréable surprise !

AMÉLIE.

Vous devinez maintenant pourquoi je suis restée
quatre jours sans vous écrire. Ce n'est pas ma plume,
c'est ma bouche qui devoit vous dire combien vous
m'êtes cher.

LE BARON.

Je n'en ai jamais douté.

AMÉLIE.

Ce n'est sans doute pas la première fois que je vous le
dis ; mais aujourd'hui j'éprouve un double plaisir à vous
le témoigner en présence de M. le comte de Lindorf.

LE BARON.

Monsieur le Comte !

LE COMTE.

Monsieur le Baron... (*ils se saluent mutuellement.*)

AMÉLIE.

Il a bien voulu se charger de m'accompagner.

LE COMTE.

J'ai toujours aimé le plaisir.

AMÉLIE.

A propos, Comte, vous desiriez voir les équipages de mon mari ? C'est un objet d'un grand intérêt pour un homme à la mode. Nous avons peu de temps à perdre ; allez-y.

LE BARON.

J'aurai l'honneur de vous y conduire.

AMÉLIE.

Cela n'est pas nécessaire ; le Comte trouvera bien un guide. Il y a si long-temps que je ne vous ai vu ; je veux être un moment seule avec vous.

LE COMTE.

J'obéis. (*il sort.*)

SCÈNE XII.

LE BARON, AMÉLIE.

LE BARON, *l'embrassant.*

JE vous revois donc !

AMÉLIE, *lui rendant ses caresses.*

Êtes-vous content de moi ?... là... bien content... dites franchement ! N'est-il pas vrai que vous voudriez me voir quitter la ville ?

LE BARON.

Non, tant que vous desirerez y rester.

AMÉLIE.

Qui sait, mon ami ? Au moment où vous vous y attendrez le moins, vous me verrez revoler auprès de vous. Encore seulement deux ou trois bals. Vous savez comme j'aime la danse ! Aujourd'hui il y a un bal masqué ; demain une tragédie nouvelle ; la semaine pro-

chaîne je vais à une comédie de société. Le jeu remplit
le reste du temps. Croiriez-vous que j'ai pris du goût
pour le jeu ?

LE BARON, *avec douceur.*

Je n'aimerois pas à le croire.

AMÉLIE.

J'avoue que j'en suis un peu honteuse. Ce n'est pas
tout ; la princesse Charlotte, dont vous connoissez la
vanité, donne aujourd'hui un grand bal : elle s'y mon-
trera avec tous ses diamants ; et, je vous l'avoue, j'ai
un extrême desir d'y paroître aussi avec quelque éclat.
Résisterez-vous à mes prières ?

LE BARON, *embarrassé.*

Que me demandez-vous, Amélie ?

AMÉLIE.

L'écrin de ma mère, pour aujourd'hui seulement.

LE BARON.

Qu'en feriez-vous ? Les bijoux sont vieux, montés
sans aucun goût ; vous ne pourriez vous en servir.

AMÉLIE.

Je les porterai tels qu'ils sont ; quels qu'ils puissent être.
Ne me refusez pas.

LE BARON.

Si vous saviez.... quelle contrariété !

AMÉLIE, *étonnée.*

Quelle contrariété !

LE BARON.

Je ne puis vous donner cette cassette.

AMÉLIE.

Je ne vous conçois pas.

LE BARON.

Soyez certaine que j'ai de fortes raisons.

AMÉLIE.

Eh bien ! communiquez-les moi, ces raisons ?

LE BARON.

Je ne le puis.

AMÉLIE.

Et pourquoi pas? Croyez-vous donc que mes caprices
ne puissent céder à des motifs raisonnables? En grace,
dites-moi vos raisons.

LE BARON.

Je ne le puis, vous dis-je.

AMÉLIE.

Comment voulez-vous que ce refus ne me semble pas
étrange, après m'avoir caché si soigneusement, pendant
plusieurs années, le legs que m'a laissé ma mère... Vous
ne répondez rien?

LE BARON.

Je dois souffrir.... et me taire.

AMÉLIE.

Au nom de notre tendresse.

LE BARON.

Je crains de vous révéler des choses...

AMÉLIE.

Non; je ne vous donnerai pas de repos! Vous en avez
trop dit, et c'est fait de la tranquillité de ma vie, si vous
persistez dans votre refus.

LE BARON.

Vous m'y contraignez? Eh bien! soit! mais du moins
rappelez-vous que vous m'avez arraché ce fatal consen-
tement : arraché, Amélie! ne l'oubliez jamais. Vous ne
deviez connoître le contenu de cette cassette qu'après ma
mort. Mais vous l'exigez, je me rends.

AMÉLIE.

Ceci me paroît bien mystérieux, bien extraordinaire.
Dieux! à quoi faut-il me préparer? Je vous rends
grace, mon ami; quelque chose que cette cassette
puisse contenir, le trésor le plus précieux pour moi

sera toujours la preuve de votre confiance, que son aspect ne cessera de me rappeler.

SCÈNE XIII.

Les précédents, LA PRÉSIDENTE.

LA PRÉSIDENTE.

Eh, bon Dieu ! Madame ma belle-fille!... Ce n'est en vérité pas dans votre maison, mon fils, que je me serois flattée d'avoir le plaisir de la rencontrer.

AMÉLIE.

Vous avez raison, Madame ; je suis fort dissipée ; mais mon mari le permet.

LA PRÉSIDENTE.

Cela est vrai. D'autres temps, d'autres mœurs. Il n'en étoit pas de même dans ma jeunesse ; alors les hommes ne pensoient pas encore qu'il convînt de laisser leurs femmes seules dans le tourbillon du grand monde.

AMÉLIE.

Je m'efforcerai, par la suite, de vous prendre pour modèle.

LA PRÉSIDENTE.

En vérité, ma belle-fille, vous ne feriez pas mal ; vous ne feriez pas mal du tout.

LE BARON, *avec une contrainte pénible.*

Amélie prévient tous mes vœux, ma mère.

LA PRÉSIDENTE.

Oh ! je n'en doute pas. Ainsi, vous êtes seule ici, ma belle-fille ?

AMÉLIE.

Le comte de Lindorf m'a accompagnée.

LA PRÉSIDNTE.

Ah ! Le comte de Lindorf ? C'est une jeune étourdi à qui tous les pères et les époux de la capitale feroient bien de fermer leurs portes.

AMÉLIE.

Je ne le connois encore que par le ton respectueux
qu'il a toujours conservé avec moi.

LA PRÉSIDENTE.

C'est cela ; ils sont tous de même ; ils commencent par
le respect, et finissent par un éclat.

LE BARON.

Ma mère, daignez rompre cet entretien.

AMÉLIE, *avec un peu de dépit.*

Je crois, en effet, que de pareils avis ne peuvent ins-
pirer le desir de les suivre.

LE BARON.

Ma mère, je vous supplie....

SCÈNE XIV.

Les précédents , LE COMTE.

AMÉLIE.

JE suis bien aise que vous reveniez, Comte. J'ai encore
bien des préparatifs à faire pour le bal : il est plus que
temps que nous nous remettions en route.

LE COMTE.

J'attends vos ordres, Madame.

AMÉLIE, *à son mari.*

Adieu, mon ami. (*haut.*) Adieu, Madame. (*la présidente lui fait une profonde révérence.*)

LE COMTE, *s'inclinant.*

Monsieur le Baron.... Madame la Présidente...

LE BARON.

Je me ferai un plaisir, monsieur le Comte, de vous
revoir plus souvent chez moi.

(Amélie prend le bras du Comte et sort avec lui.)

LE COMTE, *en sortant.*

Croyez que j'en saisirai toutes les occasions.

SCÈNE XV.

LE BARON, LA PRÉSIDENTE.

LA PRÉSIDENTE.

J'ENRAGE ! Es-tu fou d'inviter encore ce fat à revenir chez toi ?

LE BARON.

Pourquoi pas ? J'ai confiance en ma femme, et je vous avoue, ma mère, que j'ai été sensible à la manière dont vous venez de la traiter.

LA PRÉSIDENTE.

Est-il donc possible qu'un baron de Durlach puisse être aussi indifférent sur la conduite de sa femme? J'aurois déjà demandé le divorce.

LE BARON.

Mais, ma mère, pourquoi irois-je tourmenter ma femme sans motif?

LA PRÉSIDENTE.

Sans motif! Un ange n'y tiendroit pas. Quoi? elle choisit pour conducteur un homme sans principes, et tu n'as pas de motif? Elle te laisse t'ennuyer à la campagne, pendant qu'elle s'amuse à la ville, et tu n'as pas de motif? Elle passe les nuits entières au bal, ou bien à dissiper au jeu la fortune de son mari, et tu n'as pas de motif?

LE BARON, *ne se contraignant plus.*

Ma mère ! j'aime, j'adore Amélie ; et si vous continuez à blesser mon cœur, vous me contraindrez... à vous quitter, dans la crainte de manquer au respect que je vous dois.

LA PRÉSIDENTE.

Parfaitement! Voilà bien le monde d'aujourd'hui! Mère, famille, honneur, tout est sacrifié à un peu de jeunesse, à un peu de fraîcheur. Durand, je vais partir!.,

Non, il n'a pas le plus léger motif de divorce ! Ma chère bru est un modèle de sagesse et de vertu !... Si tu as perdu l'esprit, c'est à ta famille à penser et à agir pour toi... Durand, fais avancer la voiture !... Au revoir, mon fils... Tu auras dans peu de mes nouvelles.

LE BARON.

Au nom du ciel, ma mère, que voulez-vous faire ?

LA PRÉSIDENTE.

Il faut à l'aveugle un guide pour le conduire ; eh bien ! mon pauvre fils est aveugle ; je suis sa mère, et les devoirs d'une mère envers son fils, ne cessent qu'à la mort. Adieu ; va tranquillement visiter la fabrique ; et moi, pendant ce temps-là, je vais sauver ton honnéur. (*elle sort.*)

SCÈNE XVI.

LE BARON, *seul.*

MA mère !... Dieu ! que va-t-elle faire ! Je prévois une imprudence dont les suites seroient incalculables.... O ma chère Amélie ! les apparences t'accusent, te condamnent ; mais mon cœur... Hâtons-nous de suivre ma mère ! Ma présence à la ville peut seule l'empêcher de porter un coup fatal à mon repos ! (*il sort.*)

FIN DU PREMIER ACTE.

ACTE II.

SCÈNE PREMIÈRE.

AMELIE, LE COMTE.

LE COMTE, *regardant à sa montre.*

Nous avons mis vingt-cinq minutes, pas une seconde
de plus.

AMÉLIE.

Eh bien ! faut-il que je vous sache gré du mérite de
vos chevaux ?

LE COMTE.

Je desirerois avoir un mérite plus réel à vos yeux.

AMÉLIE.

Celui-là en est toujours un.

LE COMTE.

O Amélie ! quittons ce ton léger de l'indifférence :
on m'a cru incapable d'aimer ; c'est à vous, Amélie,
c'est à vous seule qu'il étoit réservé de me faire connoître
l'amour.

AMÉLIE.

Je me plais à croire que vous me dites la vérité : mais
je vous défends de m'en parler davantage.

LE COMTE.

Dites un mot, et mon amour va se condamner à un
éternel silence.

AMÉLIE.

Et ce mot ?...

LE COMTE.

Aimez-vous réellement votre époux ?

AMÉLIE, *après un instant de silence.*

Je lui dois de l'estime et de la reconnoissance : un penchant calme et doux, je dirois presque tendre, m'enchaîne à lui.

LE COMTE.

Et vous que la nature semble avoir créée pour l'amour, vous voudriez renoncer pour toujours à ce charme de la vie ?

AMÉLIE.

Je vous le répète, Comte, n'essayez pas d'affoiblir l'attachement que je dois au meilleur des époux.

LE COMTE.

Mais cet époux si vertueux, qu'a-t-il donc fait pour vous ? Il a subjugué votre inexpérience et votre jeunesse ; il a interprété à son gré les paroles d'une mère mourante, pour vous entraîner à une union très mal assortie. Vos richesses égaloient les siennes, les surpassoient même.

AMÉLIE.

Au moins, j'ai tout droit de le croire.

LE COMTE.

Sa conduite s'explique d'elle-même. La pupille eût pu demander des comptes, l'épouse doit garder le silence.

AMÉLIE.

De grace, laissez-moi croire à la vertu de mon époux ?

LE COMTE.

Vous rappellerai-je cette cassette...

AMÉLIE.

Il me l'a remise ; je vais l'ouvrir.

LE COMTE.

Enfin donc !... La valeur de ce qu'elle contient nous aura bientôt expliqué...

AMÉLIE.

Que vois-je ! des aiguilles à broder et rien de plus....

Ah ! j'apperçois une lettre.... de ma mère. (*elle presse la lettre contre ses lèvres, la déplie, et lit d'une voix entrecoupée :*) « Ma bonne Amélie, ces aiguilles « sont le seul héritage que ta mère puisse te transmettre. « Un emploi modeste nous fit subsister pendant que ton « père vivoit; sa mort me laissa sans fortune et sans appui; « et c'est avec ces aiguilles que je soutins, pendant quel- « que temps, ton existence et la mienne. Mais quel sort « menaçoit ma vieillesse et ton inexpérience, si un destin « plus favorable ne m'eût donné pour ami, après la mort « de ton père, le noble et vertueux Durlach. C'est à lui « que ta mère dut la douceur de sa vie et le calme de sa « mort ; c'est à lui que tu dois une éducation digne de ta « naissance. N'oublie jamais ses bienfaits, mon Amélie! « Ne les oublie jamais; et à ce prix, mais seulement à « ce prix, toutes mes bénédictions reposeront sur ta tête». (*un instant de silence, pendant lequel on voit Amélie en proie à la plus violente douleur : elle tombe sur un fauteuil, baisse les yeux, et le papier tremble dans ses mains.*)

LE COMTE, *s'efforçant de se remettre.*

Il est bien peu délicat au baron de Durlach de vous avoir livré cette cassette.

AMÉLIE.

Je la lui ai arrachée. On ne devoit me la confier qu'après sa mort.

LE COMTE, *à part.*

Maudit contretemps ! (*il s'efforce de se remettre, tandis qu'Amélie verse doucement des larmes.*) En effet, Amélie, il faut convenir que le plan est assez bien conçu.

AMÉLIE, *avec un mouvement d'impatience.*

Laissez-moi, je vous en supplie ?

LE COMTE. (*Amélie lui répète plus vivement le même signe.*)

Vous l'exigez ? j'obéis... Dans une demi-heure je viendrai vous prendre pour vous mener au bal masqué, et j'espère vous trouver plus raisonnable. (*il sort.*)

SCÈNE II.

AMÉLIE, *seule.* (*elle considère avec un attendrissement mélancolique, tantôt les aiguilles, tantôt les lettres.*)

TENDRE mère !... généreux époux!... Et j'ai pu un instant concevoir la pensée.... Pardonne, ô le plus noble des hommes ! Mériter ton estime, et les bénédictions de ma mère, sera désormais l'effort de toute ma vie.

UN DOMESTIQUE.

Madame la présidente de Durlach.

AMÉLIE, *essuyant des larmes.*

Qu'elle soit la bien venue ! (*le domestique sort.*) Qui peut l'amener ?... Sans doute elle vient m'accabler de reproches.... Eh bien ! je les ai mérités !.... je les supporterai avec une résignation filiale.

SCÈNE III.

AMÉLIE, LA PRÉSIDENTE.

AMÉLIE, *allant au-devant d'elle.*

MA respectable mère...

LA PRÉSIDENTE.

Excusez, Madame, si je viens dans ces appartements, où tout respire l'élégance. Je n'ai à vous annoncer que des choses fort agréables.

AMÉLIE, *voulant lui baiser la main.*

Votre bonté me confond...

LA PRÉSIDENTE, *retirant sa main.*

Ne vous dérangez pas ! Je viens au nom de mon fils,
Madame.

AMÉLIE, *effrayée.*

Seroit-il malade ?

LA PRÉSIDENTE.

Eh quoi ? madame la Baronne ne l'auroit pas encore
remarqué ? Celui qui, à son âge, se marie, est assez mal ;
s'il épouse une jeune femme, il est mal ; si l'amour le
possède à un tel point qu'il ne peut ni voir ni entendre, il
est bien mal ; et, enfin, si ayant une jeune femme dissipée et légère, il l'envoie seule en ville, au milieu du
carnaval, c'est un homme mort !

AMÉLIE.

Je ne vous entends pas.

LA PRÉSIDENTE.

J'en suis fâchée. Je parle pourtant, ce me semble,
assez clairement. Mais si madame la Baronne daigne me
prêter l'oreille, je vais tâcher de lui parler plus clairement encore.

AMÉLIE.

Parlez, ma mère, je vous écoute.

LA PRÉSIDENTE.

Depuis long-temps je voyois mon fils enseveli dans
une solitude, rêveur, mélancolique ; je lui ai demandé
cent fois les raisons de sa tristesse ; il me les a toujours
cachées ; j'ai cru les deviner, et je lui ai dit : Mon fils,
ne sois pas malheureux plus long-temps ; laisse ta femme
se livrer au tourbillon qui l'entraîne. Grace au ciel,
nous ne sommes pas en Russie, où les nœuds du mariage
sont indissolubles ; tu as dix raisons pour une de demander le divorce ; il ne te reste pas d'autre parti à prendre.

AMÉLIE.

Quoi ! Madame ? vous auriez pu lui proposer....

LA PRÉSIDENTE.

Sans doute, et j'ai plus fait ; je lui ai ouvert les yeux, et je suis venue à bout de le convaincre. Je vous en demande pardon, madame la Baronne ; quand il s'agit du bonheur de son fils unique, une mère seroit coupable en gardant le silence.

AMÉLIE.

Le bonheur de mon époux ! A qui peut-il être plus cher qu'à moi-même?

LA PRÉSIDENTE.

Le remède est un peu amer, sans doute ; mais il est nécessaire.

AMÉLIE, *indignée.*

Nécessaire !.... Ah ! si vous saviez dans quelles dispositions vous m'avez surprise, de quelle tendresse je me sens pénétrée pour mon époux... Daignez m'épargner, Madame.

LA PRÉSIDENTE.

Vous épargner? Eh, bon Dieu! quand on ne s'épargne pas soi-même, qu'a-t-on droit d'attendre des autres? Une femme vaine, frivole...

AMÉLIE.

Madame.

LA PRÉSIDENTE.

Ne m'interrompez pas... Une femme qui se laisse entraîner aux faux plaisirs du monde.

AMÉLIE.

Je n'ai rien à me reprocher.

LA PRÉSIDENTE.

Qui ne craint pas de se faire remarquer.

AMÉLIE.

Cessez, Madame....

LA PRÉSIDENTE.

J'ai fini tout-à-l'heure. Une femme qui ne rougit pas
de se montrer en public avec un homme qui n'a ni
mœurs ni conduite.

AMÉLIE.

C'en est trop.

LA PRÉSIDENTE.

Cette femme ne doit pas s'étonner, si ce public en parle,
si les honnêtes gens la blâment ; bref, j'ai ouvert les
yeux à mon fils, et le divorce...

AMÉLIE.

Venez-vous réellement me le proposer de la part de
mon époux ?

LA PRÉSIDENTE.

Vous paroissez un peu affligée ; mais vous vous conso-
lerez bientôt. J'ai trouvé en entrant monsieur le Comte
sur votre escalier : il m'a dit qu'il alloit vous prendre
pour vous mener au bal masqué.

AMÉLIE, *de plus en plus hors d'elle-même.*

Il viendra sans doute ; je l'attends avec impatience
et me promets ce soir beaucoup de plaisir dans sa
société.

LA PRÉSIDENTE.

Voilà qui est charmant.

AMÉLIE.

Ainsi, Madame, comme j'ai ma toilette à faire...

LA PRÉSIDENTE.

Je vous gênerois beaucoup, n'est-ce pas ? Je ne vous
incommoderai pas plus long-temps. L'entretien qui
m'attend n'est pas tout à fait aussi gai ; car je vais chez
mon avocat... Vous m'entendez, madame la Baronne ?

Et, ainsi (*avec une révérence affectée*), j'ai l'honneur de vous saluer.

AMÉLIE, *de même.*

Votre très-humble servante, Madame.

LA PRÉSIDENTE, *de même.*

Lorsque Madame se sera bien reposée demain, mon avocat se présentera chez elle avec les pièces en question.

AMÉLIE, *de même.*

J'aurai l'honneur d'attendre vos ordres.

LA PRÉSIDENTE, *de même.*

D'un trait de plume tout sera fini. Le reste est l'affaire de l'assemblée de famille. (*elle sort.*) Adieu, Madame.

SCÈNE IV.

AMÉLIE, *seule.* (*ses forces paroissent épuisées ; elle peut à peine respirer, et est sur le point de s'évanouir ; enfin, elle fond en larmes.*)

GRAND Dieu ! ai-je pu mériter autant !... Si même j'ai été coupable de légèreté... Cet excès d'humiliation... Est-ce bien de la part de mon époux qu'elle est venue ? (*elle écrit.*) « O mon ami ! mon bienfaiteur ! s'il est « vrai que cette séparation soit nécessaire à ton repos.... (*elle reste un instant pensive, s'asseoit ensuite, et écrit précipitamment quelques lignes, qu'elle cachette avec un pain à cacheter.*)

SCÈNE V.

AMÉLIE, LE COMTE, *en domino.*

LE COMTE.

ME voici, belle Amélie... Mais quoi ? point encore prête ?

AMÉLIE.

J'ai eu du monde.

LE COMTE.

Je le sais, cette Présidente.

AMÉLIE.

Ah ! Comte ! si vous saviez comme ils m'ont traitée...
Mon cœur est si plein... Elle a parlé de divorce.

LE COMTE.

De divorce?... (*à part.*) Quel espoir... (*haut.*) Et au
nom de son fils ?

AMÉLIE.

Si lui-même m'avoit préparé cet affront !...

LE COMTE.

En doutez-vous ?

AMÉLIE.

Il est mon bienfaiteur, il fut celui de ma mère ; mais
des bienfaits donnent-ils jamais droit à un pareil traite-
ment ?

LE COMTE.

Manquer de noblesse à ce point !

AMÉLIE.

S'il désapprouvoit ma conduite , que ne parloit-il ! je
me serois soumise à tout.

LE COMTE.

Qui sait ? peut-être ne cherchoit-il qu'une occasion.
Eh bien ! Amélie, c'est à vous de saisir celle-ci. Que
votre fierté se réveille.

AMÉLIE.

Ne profitez pas de la disposition d'esprit où vient de
me jeter un procédé si peu attendu. Laissez-moi , Comte.

LE COMTE.

Mais , Madame , votre voiture est là.

AMÉLIE.

Sortir en ce moment.

LE COMTE.

Vous avez besoin de distraction. Pauline ?

SCÈNE VI.

Les précédents , PAULINE.

PAULINE.

QuÉ veut Madame ?

LE COMTE.

Son domino et un éventail.

AMÉLIE.

Pauline, voilà sur cette table un billet pour mon mari :
envoie un exprès pour le lui porter. Il faut qu'il lui par-
vienne aujourd'hui, entends-tu , aujourd'hui.

PAULINE.

Fort bien.

LE COMTE.

Venez, Madame, nous aurons une musique bruyante ,
tous les musiciens de la ville.

AMÉLIE.

Tant mieux , car j'ai bien besoin de m'étourdir.

SCÈNE VII.

PAULINE, *seule.*

Oui, je le crois. (*elle s'approche de la fenêtre.*) La
voilà qui monte en voiture...Un équipage superbe... Le
Comte s'y entend à merveille.... Mais que vois-je venir ?
Ciel ! c'est Monsieur !... A-t-il pris aussi du goût pour
les bals masqués ?...

SCÈNE VIII.

PAULINE, LE BARON.

LE BARON, *dans une grande agitation.*

Ma femme est-elle à la maison ?

PAULINE.

Elle vient de partir à l'instant pour le bal.

LE BARON.

Seule ?

PAULINE.

Avec le comte de Lindorf.

LE BARON.

Ma mère est-elle venue ici ?

PAULINE.

Oui, il y a peu de temps.

LE BARON, *avec négligence.*

Étoit-elle de bonne humeur ? La conversation a-t-elle
été vive ?

PAULINE.

Je n'étois pas présente.

LE BARON.

Mademoiselle Pauline a ordinairement le talent d'écouter assez bien.

PAULINE.

Moi, monsieur le Baron ! Dieu m'en préserve.

LE BARON.

Dis ce que tu sais.

PAULINE.

En vérité, je n'ai pas entendu un seul mot. Madame
la Présidente a parlé beaucoup et fort haut, comme à
son ordinaire.

LE BARON.

Ma femme étoit-elle gaie quand elle est montée eu
voiture ?

PAULINE.

Elle étoit émue... Mais à propos, j'oubliois ce billet
qu'elle m'avoit donné ordre de vous faire passer sur-le-
champ.

LE BARON, *vivement.*

Donne! (*il avance sur l'avant-scène, et lit à voix* « *basse:*) « Votre mère vient de me parler de divorce ; s'il « est bien vrai que ce soit votre volonté, et que votre repos « en dépende, la reconnoissance exige que je vous fasse le « sacrifice du mien. AMÉLIE »... Je l'avois bien prévu ! O ma mère ! ma mère ! qu'avez-vous fait ?... (*un instant de silence.*) et dans de telles circonstances Amélie a pu partir pour le bal ? Sans doute entraînée, contrainte...

PAULINE.

Pardonnez-moi ; Madame va toujours très volontiers avec monsieur le Comte.

LE BARON, *d'un air sévère.*

Vous en dites plus qu'on ne vous en demande, Mademoiselle. (*à part.*) Je suis dans un trouble... Que ferai-je? Je veux suivre Amélie; je veux aller au bal... Mais ma présence la forceroit à se contraindre, peut-être à dissimuler... (*un instant de silence.*) Pauline.

PAULINE.

Monsieur.

LE BARON.

Te souviens-tu d'un habit arménien que je fis faire il y a deux ans?

PAULINE.

Et dont vous ne vous êtes jamais servi?

LE BARON.

Précisément.

PAULINE.

Il est dans votre chambre, au fond d'une armoire.

LE BARON.

Durand me l'enseignera ?

PAULINE.

Oui, Monsieur.

LE BARON.

Mademoiselle Pauline, j'ai imaginé une petite plaisanterie, et j'entends que ni ce soir, ni demain matin,
ma femme n'apprenne que je suis ici.

PAULINE.

J'obéirai.

LE BARON.

Votre congé ou une forte récompense.

PAULINE.

J'obéirai... (*seule.*) Une petite plaisanterie ?... Pour
moi, cette plaisanterie-là me paroît bien sérieuse....
Comment cela finira-t-il? Une petite leçon ne feroit pas
de mal à Madame. Mais Monsieur ne la lui donnera pas;
car en amour, malgré son âge, il n'est encore qu'un
écolier.

FIN DU SECOND ACTE.

ACTE III.

(*Appartement d'Amélie.*)

SCÈNE PREMIÈRE.

PAULINE, *seule.*

Je n'y conçois rien ; Madame a quelque chose d'extraordinaire ; il faisoit grand jour quand elle est revenue du bal ; elle n'a pas voulu se coucher, et depuis ce temps elle est dans une agitation... elle écrit, elle déchire sa lettre, elle me sonne, elle me renvoie, elle me gronde ! Ah ! mon Dieu ! celui qui n'est pas en paix avec lui-même, s'en prend à tout ce qui l'entoure.

SCÈNE II.

PAULINE, LE COMTE, *en redingotte.*

LE COMTE.

La Baronne est-elle levée ?

PAULINE.

Oui, Monsieur, car elle ne s'est pas couchée.

LE COMTE.

Elle n'a pas été traitée au bal avec les égards qui lui sont dus.

PAULINE.

Et vous l'avez souffert, monsieur le Comte ?

LE COMTE, *avec embarras.*

J'ai craint de faire un éclat qui eût pu nuire à sa réputation.

PAULINE.

Et personne n'a pris sa défense ?

LE COMTE.

Je l'ignore. Quelqu'un est venu m'appeler à la table de jeu, lorsque l'affaire commençoit ; je n'ai pas manqué d'y retourner, du moment qu'il m'a été possible de me débarrasser ; mais madame la Baronne avoit disparu, et étoit déjà remontée en voiture.

PAULINE.

Je vous avoue, monsieur le Comte, que j'aurois cru... (*on entend sonner en dedans.*) Voilà Madame qui sonne encore.

LE COMTE.

Dis-lui que je suis ici, et que je demande la permission de lui présenter mes hommages. (*Pauline sort.*)

SCÈNE III.

LE COMTE, *seul.*

LA fortune vient à mon secours ; mais seroit-il prudent à moi de songer déjà au mariage ? Amélie est bien foible, et ce caractère mérite que l'on fasse quelques réflexions.

SCÈNE IV.

LE COMTE, AMÉLIE, *en robe du matin.*

AMÉLIE, *avec un visage très abattu.*

BONJOUR, Comte.

LE COMTE.

Ma chère Amélie ! vous disparûtes hier sans bruit.

AMÉLIE.

Sans bruit, je le voudrois.

LE COMTE.

J'étois engagé pour une danse lorsque cette aventure vous est arrivée.

AMÉLIE.

Et personne ne vous a raconté...

LE COMTE.

Personne. Il est vrai que j'eus la délicatesse de ne pas m'informer de vous.

AMÉLIE.

Eh bien ! apprenez ce qui m'est arrivé...

LE COMTE.

Vous m'effrayez.

AMÉLIE.

Vous vous serez bien apperçu que ma scène d'hier avec ma belle-mère, m'avoit mise hors de moi. Ce fut pour tâcher de m'étourdir que je me rendis avec vous au bal. Je voulus danser, impossible : plusieurs personnes m'abordèrent ; je ne leur répondis que par monosyllabes : pour cacher ma mauvaise humeur, je me mets à la table du pharaon, et je perds tout ce que j'ai sur moi : je continue à jouer, sans savoir ce que je faisois, jusqu'à ce que je remarque, avec non moins de surprise que d'effroi, que je perds six cents ducats sur parole. Comme j'avois ôté mon masque, et que jusque-là le banquier m'avoit traitée avec égards, je crus qu'il me connoissoit ; et me levant avec le plus de calme que je pus, je lui promis de lui envoyer l'argent ce matin ; mais prenant alors le ton du persifflage le plus amer, il alla jusqu'à laisser échapper l'expression d'aventurière... J'en frémis encore en le répétant.

LE COMTE.

Que n'ai-je pu être témoin!... Mais continuez ...

AMÉLIE.

Un Arménien qui étoit depuis quelque temps auprès
de moi, et qui jouoit très petit jeu, saisit tout-à-coup
le banquier par le bras, lui jette des papiers, en mon-
trant, sans parler, que c'étoit pour moi. Le banquier les
examine, et se tournant froidement de mon côté, me
dit, avec un sourire insultant : « Je suis payé, Madame ».
Je vis le même sourire partagé par tous ceux qui
entouroient la table ; j'étois prête à m'évanouir ; cependant je me tournai vers l'Arménien, je lui dis qui j'étois,
et le priai de venir ce matin chercher son argent ; mais
il ne m'entendoit plus, car il avoit de nouveau saisi le
banquier par le bras, et lui murmuroit quelque chose
à l'oreille, à quoi celui-ci répondit : « Fort bien, Mon-
« sieur, à neuf heures ». Pour moi, j'eus à peine la
force de sortir ; je fus assez heureuse pour trouver mes
gens ; je me jetai dans ma voiture, et revins chez moi,
anéantie de tout ce qui venoit de se passer !

LE COMTE.

Calmez-vous, belle Amélie ; cet insolent banquier
saura bientôt...

AMÉLIE.

Qu'il n'en soit rien ! je vous en supplie : ma fatale
aventure n'a-t-elle pas déjà fait assez de bruit ? Mais
quel peut être ce généreux inconnu ? qu'est-il devenu ?
a-t-il provoqué le banquier ? se sont-ils battus ? Ma
réputation est-elle à jamais flétrie ? Et mon mari ?...
s'il vient à être instruit de ceci ?... précisément le jour
même.

LE COMTE.

Quoi qu'il puisse arriver, mon cœur sera toujours
votre asyle.

AMÉLIE.

Ah ! Comte, ne tirez pas avantage de la situation désespérée où je me trouve.

SCÈNE V.

Les précédents, UN DOMESTIQUE.

LE DOMESTIQUE.

Un étranger demande à parler à Madame.

AMÉLIE, *effrayée.*

L'Arménien, sans doute ? S'est-il nommé?

LE DOMESTIQUE.

L'avocat Burrmann , si je ne me trompe.

AMÉLIE.

Burrmann? un avocat?... Je me rappelle que c'est le nom du chargé de pouvoirs de mon mari... Je ne devine que trop... de nouveaux tourments... ma belle-mère... sans doute il vient pour le divorce. (*après un instant de silence , le domestique sort.*) Tous les malheurs viennent m'accabler à-la-fois !

SCÈNE VI.

Les précédents, l'avocat BURRMANN.

BURRMANN.

Vous m'excuserez , Madame , si je viens vous troubler si matin.

AMÉLIE.

Veuillez me dire, Monsieur, ce qu'il y a pour votre service.

BURRMANN.

J'apporte ici un paquet dont le contenu est de la plus

grande importance. Il est du plus haut intérêt pour monsieur votre époux, mon client, de le recevoir le plutôt qu'il sera possible; mais comme monsieur le Baron ne quitte jamais la campagne, et que j'ai appris que vous vous trouviez en ville, j'ai pensé que je n'avois rien de mieux à faire que de vous supplier de faire passer vous-même à monsieur votre époux ces papiers que j'ai l'honneur de vous présenter, vu sur-tout que monsieur le Baron les attend avec une extrême impatience. (*il s'essuie la sueur du front.*)

AMÉLIE, *prenant le paquet d'une main tremblante.*

Fort bien, Monsieur; peut-on savoir ce que ces papiers contiennent?

BURRMANN.

Il m'est défendu de le confier à qui que ce soit.

AMÉLIE.

Mon mari doit-les signer?

BURRMANN.

Sans doute.

AMÉLIE.

Et ensuite vous les présenterez à la justice?

BURRMANN.

Telles sont mes instructions. Sur ce, j'ai l'honneur de vous présenter mes respectueux hommages. (*il sort en faisant des révérences très profondes.*)

SCÈNE VII.

AMÉLIE, LE COMTE.

AMÉLIE.

J'AI donc en main le fatal écrit qui me sépare à jamais du plus généreux des hommes! et c'est moi-même qui dois le lui envoyer pour qu'il le signe... Certes, le sort épuise sur moi toutes ses rigueurs!

LE COMTE.

Je sens tout ce qu'il y a de pénible dans votre situation, et je ne vois qu'un seul moyen pour l'adoucir. Ouvrez cette lettre ; vous n'y êtes surement pas ménagée. Qu'à l'abattement où vous êtes, succède une juste et noble indignation.

AMÉLIE.

Ouvrir une lettre à l'adresse de mon mari?

LE COMTE.

Vous en devinez le contenu?

AMÉLIE.

Je ne puis prendre sur moi....

LE COMTE.

Eh bien! donnez *(il saisit le paquet, en brise précipitamment le cachet, et le présente tout ouvert à Amélie.)*

AMÉLIE.

Ce que vous avez fait est indigne.

LE COMTE.

J'assure votre repos.

AMÉLIE.

Je ne le lirai pas.

LE COMTE.

C'est moi qui vais vous en faire la lecture.

AMÉLIE.

Non... De quelle fatalité suis-je donc devenue la victime ?... Eh bien!... *(elle déploie l'écrit, le parcourt rapidement des yeux, et, le laissant échapper de ses mains, tombe anéantie sur un fauteuil.)*

LE COMTE, *à part.*

Pour cette fois, il faut que son digne époux ne l'ait pas ménagée. *(il relève le papier et lit.)* Que vois-je ?... un

testament !... « Pour héritière universelle... mon épouse
« adorée ». (*il reste comme frappé de la foudre.*)

AMÉLIE *se lève en sanglotant, avec une noble
indignation.*

Monsieur le Comte, vous me voyez pour la dernière
fois...

LE COMTE.

En grace, daignez réfléchir...

AMÉLIE.

J'ai réfléchi ! trop tard sans doute ! trop tard peut-être !
Mais, grace au ciel, je ne suis pas coupable. Sortez,
monsieur le Comte ! veuillez m'épargner vos visites.

LE COMTE.

Quoi ! mon adorable Amélie...

AMÉLIE.

Sortez, vous dis-je.

LE COMTE.

Vous êtes hors de vous. Demain je vous trouverai
plus calme. (*à part, en s'en allant.*) Je reviendrai. Bien
souvent en amour, l'art de réussir n'est que l'art de
savoir attendre. (*il sort.*)

SCÈNE VIII.

AMÉLIE, *seule.*

ET c'est au moment où je me jouois de son repos,
qu'il s'occupoit... Et voilà l'homme que j'ai négligé !
Un misérable attrait pour le jargon d'une insipide galan-
terie, a pu étouffer un instant dans mon cœur la profonde estime qu'il m'avoit inspirée depuis mes premières
années !

SCÈNE IX.

LA PRÉSIDENTE, AMÉLIE.

LA PRÉSIDENTE, *hors d'haleine.*

M'ATTENDRE à un pareil malheur ! (*elle tombe à moitié évanouie dans un fauteuil.*)

AMÉLIE.

Au nom du ciel! qu'avez-vous ?

LA PRÉSIDENTE.

Tu m'as privée de mon fils, de mon fils unique et chéri !

AMÉLIE, *tombant à genoux.*

Par pitié ! que lui est-il arrivé ?

LA PRÉSIDENTE.

Il est sorti de la ville ; il est allé se battre avec un officier réformé, un joueur, et pour qui?... Il y a une heure qu'il est sorti, et il ne revient pas! il est blessé peut-être. (*Amélie tombe à demi-morte ; elle ne peut ni parler ni pleurer ; elle joint convulsivement ses mains.*) Ah Dieu ! voici Durand ! que va-t-il nous apprendre? (*Amélie, qui s'étoit relevée sur ses genoux, tressaillit, et dans cette même attitude, étend ses bras vers Durand, et reste ainsi immobile.*)

SCÈNE X.

Les précédents, DURAND.

DURAND, *hors de lui.*

Il est de retour ! il est là ! mon bon maître est là ! Je l'ai vu, il se porte bien ! allons, réjouissons-nous!

LA PRÉSIDENTE.

Tiens, brave Durand, voilà pour ta bonne nouvelle. (*elle lui présente une bourse.*)

DURAND.

Non, Madame, mon maître est sauvé; je ne veux
rien de plus.

SCÈNE XI.

Les précédents, LE BARON, *un bras en écharpe.*

AMÉLIE, *volant vers lui.*

HOMME trop généreux! (*appercevant l'écharpe.*) Que
vois-je! blessé pour moi!

LA PRÉSIDENTE.

Pour vous? quoi? parle, mon fils, es-tu blessé? pas
dangereusement du moins?

LE BARON.

Très légèrement.

LA PRÉSIDENTE.

En ce cas là, parle! dis-moi comment cela s'est passé,
avec qui tu t'es battu! est-ce ta femme qui en a été la
cause?

LE BARON.

Non, ma mère, un accident au jeu...

AMÉLIE.

Non! Il faut que vous sachiez tout! c'est mon honneur
qu'il a vengé.

LA PRÉSIDENTE.

Je m'en doutois.

LE BARON.

Amélie...

AMÉLIE.

Point de ménagements pour moi! je n'en ai pas
mérité. Bienfaiteur de ma mère et le mien! je fis au pied
des autels le serment de te rendre heureux; je l'ai rompu;
j'ai sacrifié le bonheur domestique à de frivoles et de

coupables amusements. Je pouvois me créer le ciel dans ce cœur dont j'ai troublé le repos ! mais je saurai me punir ! Reprenez votre liberté !... seulement que je n'emporte pas ta haine !

LE BARON.

C'est la première fois que tu m'as fait entendre cet accent d'une tendre familiarité. Oh ! ma chère Amélie ! si tu te sens capable de trouver le bonheur dans le calme d'un asyle champêtre, à côté d'un époux qui t'adore, mets une seconde fois ta main dans la mienne ; Dieu nous voit, et ma mère nous bénira.

FIN.

CETTE pièce est la troisième d'une Collection des meilleures pièces des théâtres allemand, anglois, etc. arrangées pour la scène françoise, et qui auront été représentées avec succès sur le nouveau théâtre des Variétés-Étrangères, établi à Paris, rue Saint-Martin.

Il en paroîtra environ trois par mois ; toutes seront imprimées avec le même soin, sur même papier, et de même caractère ; et la réunion de ces pièces formera une Collection très curieuse de ce que les théâtres des autres nations de l'Europe offrent de plus nouveau et de plus piquant. Sans doute nous n'aurons à présenter à nos lecteurs rien qui puisse être comparé à Molière, à Regnard ; mais la nouveauté a bien aussi quelque mérite, et la comparaison devra s'établir, non pas avec les chefs-d'œuvre de ces hommes immortels, mais avec les pièces nouvelles que les auteurs modernes font paroître avec plus ou moins de succès sur les divers théâtres de la capitale. On reconnoîtra que, si dans les pièces de notre Recueil, l'exécution *sent parfois son étranger*, l'invention en est presque toujours très ingénieuse, et les détails fort amusants.

Les personnes qui désireront se procurer ces pièces au moment même de leur publication,

et avec quelque avantage sur le prix, pourront
souscrire pour cinquante feuilles d'impression,
ce qui donnera environ doüze comédies, plus
ou moins longues; chacune leur sera expédiée,
franche de port, par la poste, le jour même
de la publication.

Le prix de cet abonnement sera de 15 fr. pour
Paris et les départements, et 18 fr. pour l'étranger.

S'adresser à Paris, chez Ant.-Aug. Renouard,
rue Saint-André-des-Arcs, n° 55.